시안황금알 시인선 17

서른다섯 개의 삐걱거림

김효선 시집

시안황금알시인선 17
서른다섯 개의 삐걱거림

초판인쇄일 | 2008년 1월 25일
초판발행일 | 2008년 1월 31일

지은이 | 김효선
편집인 | 오탁번
펴낸곳 | 도서출판 황금알
펴낸이 | 金永馥

주 간 | 김영탁
편집실장 | 조경숙
표지디자인 | 칼라박스
주 소 | 서울시 중구 필동2가 124-11 2F
전 화 | 02)2275-9171
팩 스 | 02)2275-9172
이메일 | tibet21@hanmail.net
홈페이지 | http://goldegg21.com
출판등록 | 2003년 03월 26일(제10-2610호)

값 7,000원

ISBN 978-89-91601-47-5-03810

*이 시집은 제주특별자치도 문화예술진흥재단으로부터 신진작가 지원기금을 받아 발간되었습니다.

시안황금알 시인선 17

서른다섯 개의 삐걱거림

김효선 시집

황금알

| 시인의 말 |

한때 목숨과도 바꿀 수 있는 것이
詩라고 생각한 적이 있다.

물론 바람이 방향을 바꿀 때마다
뒤란 후박나무 이파리 뒤집히듯
생각은 바뀌어 갔지만,

나,
은빛 비늘을 가진 물고기로 다시 돌아갈 수 있을까.
캄캄한 그 수면의 세계에
다시 발을 들여놓을 수 있을까.

바람과 친해지면
상처도 숲이 된다.
바람을 지나온 모든 상처에 이 시집을 바친다.

측백나무를 껴안고
김효선

차 례

제1부

시간의 부패를 견딘 나르시스를 위하여

제2부

몸속에 박힌 옹이의 시간

3부

제4부

사랑, 그 자잘하고 미묘하게 흔들리는

제5부

나를 끌고 가는 길

1부

시간의 부패를 견딘 나르시스를 위하여

길 위의 길

낡은 수첩 속에서 잠이 들었어.

당신은 없고 내 신발은 너무 크고 비스킷은 부서지기 쉽고, 고등어는 냄새나는 과거. 철학은 또 너무 무거운 내 모자, 금방 들통이 날 만큼 반짝거려.

쓰레기차는 아침마다 이 구역을 한 번도 거른 적이 없지. 내 신발은 너무 크고 모자도 금방 들통나는데 날 치울 생각을 하지 않는다는 거야. 규격봉투에 들어있지 않다는 이유로 말이야.

당신은 없고 햇살은 여전히 벌레처럼 기어다녀. 수첩 안은 여전히 좁아서 두 발은 다음 페이지에 뻗어 쉴 수 있지만 말야.

클림트를 읽다

비가 내리고, 구스타프 클림트의 〈입맞춤〉을 보고 있어, 양귀비꽃 가득 핀 들판, 시베리아 호랑이가 죽어 가는데 화면 가득 내리는 비, 눈 쌓인 들판 올가미에 걸려있는 호랑이, 빗소리가 주파수에 맞춰 내리고 있어, (사랑은 꼭 한이불 속에 누워 있어야 하는 걸까?) 햇살은 붉은 색의 양귀비 같이 저물어 가는데, 이번 겨울엔 잠 좀 실컷 자고 싶은데, 사슴들은 다 어디로 달아난 걸까, 다시 우기雨期가 찾아온 걸까. 종일 비만 내리고, 사냥개들이 떼를 지어 달려들고, 붉은 피가 몽글몽글 쏟아지고, (사랑이 그렇게 빨리 내 곁을 떠날 줄은) 잊혀지는 건 참 멋진 물보라야, 뭉글뭉글 비가 내리고 있는데, 들판은 온통 눈빛으로 저무는 우기의 하오下午. 슬픈

길, 버드나무 숲에 들다

헐거운 구두를 벗는다. 어디론가 날아가고 있는 것은 새들이다.

허름한 문밖으로 행인들은 밀린 외상값처럼 지나간다. '구두 딱음'과 '구두 수선'이 엉성한 글씨로 붙어있는 가게. 등 굽은 신기료장수가 희미한 백열전구에 눈을 비비며 헐거워진 시력을 깁고 있다. 한 땀 한 땀 그의 바늘에 꿰어 사람들이 오가는 골목, 충혈된 가로등은 늙은 마담처럼 벽에 기댄 채 졸고, 삼십 촉 전구보다 어두워 보이는 그의 등에 누군가 너덜거리는 일상 한 켤레를 던져두고 간다. 밀린 월세처럼 자꾸만 쌓여가는 구두. 문밖 밀린 월세를 독촉하듯 사람들은 힐끔거리며 지나간다. 딱음과 수선을 스치듯 잡은 구두통 속, 문득 잡히는 굳은 표정과 너덜거리는 뒤축을 가진 사람들, 거리를 서성이다 돌아온 안개와 눈 녹은 얼룩이 묻어오기도 하는 구두의 날씨. 재채기가 온 내장을 쏟아낼 것 같은 늦은 밤은 툭 툭 실이 끊기기도 한다.

새들은 전등 아래 내려 기워진 구두를 신는다.

꿈꾸는 계절

어젯밤 꿈속에서 외친 '안 돼'는, 복사꽃 흩날리는 저녁처럼 아련했던 연둣빛 연애, 볕 안 드는 구석에 뿌리 내린 봉선화, 목이 마르지 않아요. 절대로 물과 햇빛은 사양하겠어요. 아침의 새들도 사양 할래요. 내 방으로는 오직 당신만, 오지 마세요. 허름한 국밥집 간판 아래 서서, 먼지 앉은 거미줄이 바람에 날리듯, 우리 빌어먹을 슬픔이란 연애, 그러니 제발 날 햇빛 속으로 끌어들이지 마세요. 우울한 아침 식사는 먹어도 배부르지 않는 구름 한 조각 아, 그러나 냄새나는 노린재 하나가 스멀거리는 그 냄새 속으로 뚜벅뚜벅 다가오던, 간밤 내가 꿈속에서 외친 '안 돼'는.

바늘 끝의 시간

그녀의 퍼머

통증을 이기기 위해 더 지독한 통증을 만든다. 치익-소리를 내며 몸 밖이 탄다. 몸 안을 미친 듯이 긁는다. 상처에 앉은 딱지들은 통증을 밀어내면서 가려움을 낳는다. 긁어댈수록 희열을 느낀다. 언제나 통증은 외부로 통하는 문. 손톱으로 빗장을 열 때마다 녹슨 비명소리가 경쾌하다.

그녀의 쌍꺼풀

기차를 견디는 철로는 아이들의 주된 관심사. 그 울림에 대해서는 묻지 않는다. 아이들은 철로 위를 뛰어다닌다. 사춘기란 날카로운 것을 숭배하는 나이. 그저 칼끝에 묻은 핏자국만으로, 피 흘리는 짐승 한 마리를 풀어놓을 수 있다. 짐승의 피를 먹어라. 몸을 흘러가는 붉은 기차.

그녀의 콧날

나는 저 산에 오르고 싶다. 능선에서 눈을 떼지 못한다. 아무렇지도 않게, 아무에게나, 발길 아래로만 내리는 빗줄기. 아직 오르지 못한 그녀의 능선을 넘는다. 능선을 넘을 때마다 하나씩 지워지는 기억들. 아직 지워지지 않은 그녀의 능선을 넘고 있는 중이다.

그녀의 입술

문을 열고 돌아설 때마다 세상은 짧은 신호음 속으로 사라져버린다. 질척한 어둠 속에 빛나는 눈동자와 날카로운 발톱을 세운 고양이 한 마리. 종일 기다렸다는 듯 그 눈동자와 발톱이 달려들어 내 심장부터 꺼내 먹는다. 어둠은 육식성, 먹은 뒤의 포만감은 늘어질 대로 늘어진 추리닝처럼 퍼져있다. 서서히 길들여진 어둠 속에서 가늘게 찢겨진 살코기의 내부를 들여다본다. 내부는 언제나 연하고 부드러운 분홍빛에 가깝다. 나는 그 연한 살갗 속에 바늘 하나 숨겨 놓는다.

빗물을 읽다

빗물,
빗물을
읽는다. 빗물이 만들어 놓은 길에서
철퍽철퍽 누군가 책장을 넘긴다.
빗장을 열고
질펀한 언어들이 떨어져 내린다.
계절을 타는지
한 계단 삐끗거릴 때마다
녹슨 철대문을 밀고 들어오는
사랑도,
창가에 앉아
또록또록 빗물을 넘긴다.

언제나 겨울, 벨소리

겨울이었고, 문득 방으로 새가 날아들었고, 창밖엔 눈이 쌓이지 않고 휘파람만 불어대는 바람이 있었고, 형체도 없는 눈사람이 바람을 맞고 있었고, 퇴근길마다 좇아오는 목소리가 있었고, 싸락눈만 내리는 겨울이었고 겨울이었고, 지상에 발붙이지 못한 아쉬움이 떠도는 하늘이 있었고, 구두 안에선 징징 발가락들이 보도블록을 꼬드겼고, 부재중 메시지처럼 간간이 내 영혼은 비어 있었고, 가끔씩 엉덩방아를 찧었고, 돌아보면 눈사람도 없는데 새가 눈사람 안에서 흔적도 없이 죽어갔고, 더욱 거칠게 울어대며 슬픔이 녹아 흐르는, 언제나 그 길을 지나 겨울 대문 앞, 늘 내 안의 초인종을 눌러대는, 당신.

내가 음지陰地였을 때

내가 음지식물이라는 걸 알았을 때
해는 길어 숲을 그득 채운다.
제기랄,
넌 절대 꽃을 피울 수 없어.
꽃이 피기도 전에 모가지를 뚝뚝 분질러놓는 일쯤이야.
얼굴 위로 벌레들 기어오른다.
언제쯤 스멀스멀 슬픔도 쥐며느리처럼 둥글게 말아 올릴 수 있을까.
죽음은 이빨로 덥석 베어 물어도 잘리지 않는,
틈,
때론 누군가에 의해 만들어지기도 하는,
누군가 마흔은 음지라고 말하더군.
가로수들도 저들끼리 연애를 하고
초경의 비릿함이나 끈적함은 사라진 지 오래.
얼마나 단단하게 뿌리를 내렸는지
날마다 비릿하고 끈적거리는 습기를 만들어 내는.
그늘의 마흔,

가을 탄주彈奏

창문 너머 새파란 하늘이 때로 걸음을 재촉한다.
나무들 벌어진 가랑이 아래로 서둘러 옷을 벗는다.
터진 솔기처럼 여기저기 쑤신 어깨를 들이민다.
손이 무겁다.
아무 것도 들려있지 않은
손가락들이 저 혼자 무겁게 무겁게 건반을 누르는 시월,
구릿빛 아이들이 하늘에 빠알간 밑줄을 그으며 골목으로 사라진다.
지나치는 수많은 시간들도 저렇게 생의 담벼락을 긁고 가는지,
서른을 넘어 죽음 앞에서 한번쯤 흔들리는 동안
저렇듯 아뜩한 데 서있어야 하는 걸까.
바지랑대에 앉은 잠자리 한 마리.
시간에 할퀸 내 등허리에 붉은 밑줄을 긋고 사라진다.

역사驛舍를 지나다

육체역 – 에로스의 자장가

난 너를 몰라, 그래봤자 말짱 도루묵. 두루뭉술한 보름달처럼 꽉 찬 허리를 끌어안고 잠이 들겠지. 오늘밤에도 별이 바람에 스치운다고? 가을이 오기도 전에 꽝꽝 얼어버린 심장을 발아래에 던져놓으면서 그래, 그래, 더운 물 좀 끼얹어 달라고?

영혼역 – 테세우스 그리고 신발

비엉신, 것두 몰라, 족보를 따지고 올라가 보면 넌 미궁에 갇힌 미노타우로스였어. 네 몸의 절반은 동물적인 본능을 숨기지 못한 채 떠돌고 있다구. 봐 저기 출구를 찾지 못하는 가엾은 당신. 당신의 어둠은 발아래에 있어. 제발 헛디뎌 죽어버리라구!

욕망역 – 비너스는 오늘도

보름달이 탐스러운 밤이다. 달빛이 흘러내려 감나무 아래가 흥건하게 젖는다. 그 때마다 감나무 이파리는 벌겋게 달아오른다. 바람의 조각들이 가끔씩 내 속을 들춰 빈 젖꼭지를 물고 가기도 하지. 네가 익어가는 밤이면 감나무가 똑

똑 제 몸을 분지르기도 한다지.

물질역 – 외눈박이 3형제

넌 내 여자가 되는 거야, 동전만 넣으면. 다양한 취향을 가진 여자들이 자판기 안에서 버튼을 눌러달라고 빽빽 신호음을 보내지. 너도 들었지? 광고 채널처럼 떠들어대는 소리가 아직도 귓전을 때린다구. 짤랑거리는 동전처럼 호주머니에서 늘 꺼내달라고 칭얼거리지. 어때 전원을 꺼줄까?

이성역 – 크로노스 시간 죽이기

오늘도 도서관 책상모서리에 기대어 잠이 든다.

빈 역사驛舍, 승객들은 제 몸 안에서 기적을 울리며 달려오는

시간의 열차를 기다리고 있다.

민들레

여자는 모든 것들의 조상이다.

노란 단추 몇 개가 꽃을 피우려는지 꿈틀대는 것 같았다. 어디로 가는 길일까 푸른 레인코트는 묻지 않았다. 대륙 몽골 어디쯤에선가 흙바람이 불어왔다. 비가 그쳤을 때 콘크리트 바닥에 널브러진 푸른 레인코트를 보았다. 여자는 몸을 날려 못처럼 박히고 싶었다. 구인광고와 구직광고 사이 방 있음과 방 구함 사이, 모래알맹이로 밥을 짓던 여자, 계단을 오르던 여자의 관절은 쿠르릉, 쿠르릉 밀려오는 먹구름 소리를 듣는다. 투명한 조각 날카로운 끝을 손목에 들이댄다.

구석에 세워두었던 시간을 깬다.

위험한 연극

원소기호 같은 제라늄이 피었다.
꽃,
그의 가슴을 열고 들어가면
세 개의 방이 나온다.

기억의 방,

영원이란 게 오늘 드디어 멈춰버린 느낌이에요* 당신은 은빛날개를 가진 새, 눈부신 당신은 외벽에 갇힌 채 부지런히 콩을 줍고 있었죠. 콩콩콩 스타카토로 부서지는 날개. 발자국을 찍기도 전에 태양 언저리에서 부서져버리는 하얀 알약 같은, 절대로 씹어 먹지 마세요. 천천히 녹여 드셔야 하는데. 벌써 창틀을 밀고 들어오는 성질 급한 당신. 외벽에 너무 오래 매달려 있진 마세요.

장난감이 있는 방,

이 도시에 사랑이 없을 때, 이 새로운 세기가 당신을 힘들게만 했기에* 당신에게 선물하려고 아주 쬐그만 장난감을 만들었을 뿐인데 그렇게 대단할 줄은 몰랐어요. 눈물 콧물까지 흘리며 사랑한다는 말을 지구 열 바퀴쯤 했을 때 확 돌아버릴 뻔 했잖아요. 사랑이 그렇게 가벼운 꽃씨처럼 나풀대면서 언덕에 풀썩 주저앉아 버리는데. 대체 누가 내 눈에 모래를 집어넣은 거야?

거대한 방,

그래요, 당신 지금 맞는 옷을 찾고 있나요?* 미안하고 미안해서 어쩌죠. 어쩌면 그렇게 헬륨가스를 잔뜩 집어넣은 애드벌룬처럼 공중을 날 수 있는 거죠? 매일 밤 면발을 퉁퉁 불려 집어 삼켜도 거머리 같은 나는, 어떻게 좀 해봐요. 당신처럼 둥둥 떠오르고 싶은데, 난 자꾸만 땅 속으로 발이 푹푹 내려 꺼지는데, 잡을 거라곤 물풍선 같은 당신. 웃음이 나오다가 도로 들어가는데, 내 몸에 무임승차하실 분 안계신가요?

사계절 내내 피는 제라늄
꽃이라서,
꽃이 아니라서,

* Robbie williams의 노래 supreme 에 나오는 가사

부음訃音의 날들

차창에 기대어 눈을 감는다.
참새들이 모여 앉았던 자리
참새들이 떠나버린 허공
차창은 어느 새 입김으로
살아있는 자를 쓴다.
겨울인데도 참새들은 여전히
무리지어 모이를 먹고 있다.
잠시 눈을 들어 하늘을 쳐다보면
참새들은 푸드덕 그 하늘로 사라진다.
파란 신호등에 쫓겨
누군가 횡단보도를 건너기도 전에 경고음이 울린다.
어디선가 급히 와달라고 보채는,
죽음은 참 단순해
칼날처럼 날카로울 것 같지만 실은,
무딘 도끼나 작두 위를 걸어가는 기분

타클라마칸의 전갈

…전갈자리는 야행성이야, 언제나 어둠을 향해 독을 품고 있지. 거미들은 바람만 주워 먹는지 씹기도 전에 부서져 버려. 생감자는 이제 신물이 날 정도로 우울해. 딱딱한 TV를 던져줘. TV 속을 열고 들어가 발바닥을 간지럽히는 모래알갱이를 밟고 싶어. 사막에 양탄자를 깔고 와인을 마시는 기분, 어린왕자가 사는 별에선 오아시스가 한눈에 보인다는 거 알고 있니. 전갈은 구름 속에서 더 발이 빠르지. 시커먼 구름이 전갈의 꼬리를 물고 늘어지면 또다시 어둠은 독을 품지. 어때 타클라마칸의 전갈을 만나러 가는 것은….
머리만 집어넣으면 러그 카펫이 깔린 주상복합 아파트.

희망을 가져도 될까

가난해서 그는
자주 담배를 피웠다.
도너츠처럼 뻥 뚫린 집으로
아이들은 함부로 드나들었다.

동화책을 읽어 줄까.
얼룩말이 풀을 뜯고 있어요.
눈치 보며 사는 얼룩말은 싫어요.
그럼 사자를 데려와야겠구나.
사자가 어슬렁거리며 얼룩말 곁으로 다가간다.
사자가 하품하면 입 냄새가 나서 싫어요.
아, 코끼리를 불러야겠구나.
코끼리 아저씨는 코가 길대요.
코끼리 아저씨 코에서 씩씩 연기가 나잖아요.
도너츠는 구름이 되어 서서히 하늘을 덮는다.
아이가 도너츠를 잡으려는데 낼름
코끼리가 집어간다.

그는 다시 도너츠가 되고

아이들은 뻥 뚫린 집으로 모여든다.

2부

몸속에 박힌 옹이의 시간

어머니와 늙은 개와

잠은 텅 비어있다. 붉은 맨드라미와 채송화 꽃잎이 빈 잠 속에서 가늘게 흔들리고 있을 뿐이다. 세월을 지키는 마당의 늙은 개. 아무도 어머니 잠 속으로 들어오지 않는다. 잠자고 나면 호박 줄기처럼 실핏줄이 돋는 꿈으로 멍들었으면. 아무도 어머니의 잠에 말 걸지 않는다. 혓바닥으로 떨리듯 부르던 이름들은 강가나 모래언덕에서 푸른 갈대를 키운다. 시간은 주위를 어슬렁거리는 늙은 개. 해가 지자마자 꽃이 지는 채송화 빈 줄기처럼 잠이 드는데. 아무도 늘어진 슬픔을 붉은 맨드라미 속에 숨겨놓진 못한다. 습관의 모서리에 기대어 늙은 개가 하품을 한다. 아무도 어머니 잠 속으로 걸어오지 않는다. 가는 실밥 끝으로 떨리는 침묵, 처럼.

여자, 어머니의 집

오래 전의 그 여자를 본다.
여자의 손톱에선 바람이 자란다.
불어오는 만큼 잘려나가는
바람도 오래되면 구석진 곳을 찾는가.
벽에 걸린 어머니의 낡은 시계가 숨을 죽인다.
초침 끝에 걸린
어머니의 어머니의 어머니의 어머니
그 여자 손톱, 잘려진 물음표들이
벽을 타고 흩어져 있다.
창문 밖에 바람이 분다.
여자는 문을 열지 못한다.
날마다 바람을 모으는 그 여자
벽을 타고 자라나는 불안
여전히 방안에서 어머니,
그리고 집,
그 여자. 어머니의

아버지는 부재중

동백꽃 붉은 밤, 아버지 얼큰하게 취한 몸으로 나를 흔들어 깨웠다. 애야, 어서 구름을 낚아야 해. 아버지, 지금은 캄캄한 밤이에요. 구름이 방금 바다 속으로 들어갔단다. 빨리 투망으로 건져 올려야 해. 투망사이로 빠져나갈 거예요. 구름에도 뼈가 있어, 그 뼈를 건져내야 해. 아버지, 구름은 거기가 어디든 흘러갈 뿐이라구요. 구름은 형체가 없어요. 고래보다 더 큰 놈이야. 물살이 크게 흔들리고 있잖니. 아버지, 구름은 새털보다 가벼워요. 물살이 흔들리는 건 바람 때문이에요. 저기 저 동백보다 더 붉은 놈을 잡아야 돼. 아버지, 구름은 그저 하얗게 뜬 안개일 뿐이라구요. 금방 저 놈이 너를 덮칠 거야. 빨리 밧줄로 꽁꽁 묶어놓으렴. 아버지, 구름은 밧줄로 묶기엔 너무 커요. 애야, 구름보다 무겁고 슬픈 짐승은 없단다. 아버지, 제발 동백꽃이 피는 밤에는 하얀 구름을 베고 주무시면 안 될까요. 그 짐승이 벌써 네 눈 속으로 들어갔잖니. 그 놈을 빨리 잡으렴. 네 눈에 알을 슬어놓기 전에.

아내의 동굴

소화불량에 걸린 아내는 밤마다 잠 이루지 못하고 뒤척입니다. 나는 그런 아내 꼬리를 자르며 잠듭니다. 아내, 안에 내 아내의 안에는 모래언덕으로 달아나는 꼬리 잘린 도마뱀이 살고 있습니다. 부서져 내리는 곳이라면 기를 쓰고 오릅니다. 참 이상합니다. 흔들리지도 않고 오릅니다. 풀 한 포기 없는 그런 곳을 도마뱀은 좋아합니다. 모래 안에 숨어 있는 걸 좋아합니다. 그 서늘함, 강렬한 태양도 뚫지 못하는 모래동굴, 그 안에 아내가 삽니다. 나는 밤마다 아내 꼬리를 자르며 잠이 듭니다.

어머니의 노래

어머니는 노란샤쓰 입은 사나이를 입에 달고 다녔어요. 밭고랑으로 걸어갈 때도 있어요. 가끔씩 태양이 노랗다고 나에게 총을 겨누기도 하지요. 내 아이의 집은 동그랗고 노랗게 생겼어요. 어디선가 자귀나무 냄새가 나요. 아니 자귀나무 바람이 불어요. 아버지는 보이지 않아요. 어머니는 노을이 넘어갈 때도 노란샤쓰 입은 사나이를 불러요. 귀를 막아도 어머니의 노래는 계속 되어요. 태양은 절대로 노란색이 아니라고 악을 써요. 노란샤쓰 입은 사나이가 노란 태양을 꼴깍거리며 잡아먹어요. 또 자귀나무 바람이 불어요. 동그랗고 노랗게 생긴 내 아이의 집은 자귀나무 숲에 있어요. 노란샤쓰 입은 사나이가 자귀나무 숲으로 걸어가요. 더 이상 자귀나무 바람이 불지 않아요.

어머니, 저물어 간다

가을이,
살아있는 것들의 습기를 빨아들이는 동안
어머니는 푸석해진 맨드라미처럼 말수가 줄었다.
배추심을 단단하게 채우는 햇살 속으로
가뭇없이 사라지는 배추흰나비
어머니, 배추 솎아야겠어요.
언젠가는 사라져버릴지도 모를
무채색의 시간들이 풀썩풀썩 씨앗을 날린다.
항아리 속 부패의 시간도 견딘 늑골 속으로
된장, 고추장, 간장이 익어갈 무렵
어머니, 가을볕심이 좋아요.
하늘을 바쁘게 채색하는 손길,
어머니, 저물어 간다.

내 슬픈 전설의 22페이지*

떠나려고 한 적이 있었네.
몸속을 회오리치며 갈겨대던,
중심은 어떤 깃대를 세워도 비틀거리며 넘어지고
새벽 댓바람마다 굴뚝 앞에 주저앉아 버린
내 유년의 반 토막,
기억은 그저 바람이었네.
참을 수 없을 만큼 바람을 포식하고 돌아온 날은
저녁 내내 발끝이 바닥에 닿지 않아
문 밖의 가려움을 참지 못했네.
세월의 고지서들이 다리를 저는 동안에도
아부지는 습자지처럼 얇고 가벼운 바람처럼
내 스물 두 번 째 페이지에 각혈하고 있었네.
어느 날 아부지의 얼굴에 거미줄이 슬기 시작하면서
바람, 바람이 나를 떠나고 있었네.

* 슬픈 전설의 22페이지 : 화가 천경자의 그림

장미는 붉다, 아니 쓰리다

여자의 눈 밑으로 해가,
알 수 없는 날들이 지루박 스텝으로,
누구도 흉내낼 수 없는 노을이
눈 밑에 엷게 퍼져,
노을로 세월을 버텨왔다고 했다.
아이들은 그 노을 속에서 공을 차고,
뜨거움도 지문이 되어버린 여자
쓸쓸한 저녁,
여자는 또 노을로 밥을 짓는다.
거실을 뛰어다니는 아이들의 웃음은 밥물처럼 흘러넘치고
여자는 뜨거운 노을 하나 또옥 똑 꺾어 화병에 꽂는다.
띵-동 띵-동

감자 캐는 노인

두 발목 아래 북을 주면서
노인은 쪼그리고 앉아 감자를 캔다.
가뿐히 새싹이라도 밀어올릴 모양,
한여름 뙤약볕이 부싯돌 불꽃처럼 부서진다.
곱은 등 곱은 손, 움켜쥐는 둥근 세계에
노인은 허락 없이 나뒹군다.
밭이랑에 나뒹구는 둥근 길,
지난여름 포기를 뽑고 호미를 넣어
가랑이 사이로 낳은 알들인데
지나온 것들마다 노인을 잊는다.

품에 안아도 굴러나가는 것 투성이

노인의 허리가 몇 번인가
맨살을 보여주며 싹이 날 것처럼
상처 몇이 가늘게 눈을 뜬다.
한 포대의 감자를 들고 일어선 노인,
북을 돋운 발이 빠지지 않는다.

감자 캐는 노인이 해를 멈춰 세운다.
관자놀이 가득 꿈틀거리는 것이 비친다.

하늘 달세방

해는 지평선에 닿을까 말까
깡마른 나무에 푸른 실로 지은 집이 걸려있다.
허공에 둥둥 떠 있는 집,
그는 날마다 푸른 실을 뽑아 집을 짓는다.
실밥처럼 희미한 온기가
밥솥에 껑충한 밥알로 붙어있다.
얇은 다다미 한 장 힘없이 누워있는 방
아흔을 넘긴 노파의 잠은 철지난 벽보처럼
간간이 펄럭이는 소리를 낸다.
간신히 벽에 붙어있는 숨소리
뒤척일 때마다 차갑게 밀어낸다.
그는 날마다 푸른 실로 집을 짓는다.
엉성한 이빨 사이로 빠져나가는 햇살
노파는 늘 마른 밥알처럼 벽에 찰싹 붙어있다.
번지도 없는 집,
철거딱지가 태양보다 더 붉게 흔들린다.
그는 날마다 푸른 실을 뽑아 집을 짓는다.
해는 아직 마른 나뭇가지에 걸려있다.

그 남자, 달팽이

그래요 나는 옮은 창틈에 낀 햇살이에요. 간간이 물구나무서고 빙글빙글 돌기도 하지요. 엄마는 생강나무 꽃잎에 취해 돌아오지 않아요. 달짝지근한 냄새가 머리 위로 윙윙 날아다니는데 아빠는 아직도 문 뒤에 숨어 있어요. 난간에 서 있는데 잠깐 멀미가 나서 돌아보니 누군가 출렁이며 걸어오고 있어요. 무서워서 머리끝까지 이불을 덮어 쓰는데 부서질 듯 창문을 열어요. 그리곤 느리게 하품 하면서 나를 확 밀쳐내는 거예요. 잠시 엉덩방아 찧고 얼굴 찌푸리는데 방바닥을 엉금엉금 기어가는 게 보여요. 등이 축축하게 젖어있는, 나는 다시 창틈에 낀 햇살이에요.

아주 빠른 속도로 휙- 하는 소리와 함께

늦장가

꼬들하게 씹히는 전복은
젓가락으로 집기도 전에 탁자 아래로 미끄러진다.
미끄럼을 두세 번 타는 중간
어둠에 실려 나갔던 친구 녀석이 불쑥 나타난다.
천재라고 부러워했는데 뇌종양이었더라는,
다시 미끄러지는 전복
붓글씨를 잘 쓰던 친구 녀석의 잘린 손가락,
잘려나간 손가락 사이로 전복 한 점이 바람처럼 미끄러
진다.
서른여섯에 연상의 여자와 결혼을 하는 오늘의 주인공,
도시락 대신 물로 배를 채우던 가난 대신
늦은 저녁 자주 삼겹살에 소주를 걸치는 넉넉한 배를
안주삼아 웃고 있다.
시름을 술로 푸는 또 다른 친구는
불콰해진 얼굴로 술상을 들었다 놓으면서
쓴 소주잔이 전복과 함께 말없이 비워진다.
전복은 씹을수록 고소하고 향기로웠다.

바람의 무늬

오늘도 염소가 운다. 아니 염소의 울음은 이제야 시작됐다. 가파른 계단을 오르고 도서관을 지나 그녀의 빨간 코트를 지나 바람을 타고 염소의 울음소리는 희미해져 간다. 말뚝에 매어 있던 염소가 둑방을 지나 바다를 건너 사라져 버렸다.

바람
바위틈에서 쉴 새 없이
내공을 쌓고 있다.
눈물이 마르면 저 바위를 뚫을 수 있을까.
기억 저편 돌이 된 남자도
흔들리는 강물 아래 돌이 된 여자도
손이 닿자마자 가루처럼 부서진다.
사랑이 한순간 중심을 잃고 배회한다.
바람은 정확히 해가 지는 시각에 맞춰
새들을 불러 모았다.
발자국은 다시 돌이 되고 여자가 된다.
여자들은 끊임없이 웃는다.
아랫도리가 훤히 드러난

슬픔도 돌 틈에서 웃는다.

오늘도 하늘을 보며 염소가 운다. 죽음에 대해 너무 많은 말을 해온 구름과 바람을 따라 염소는 고삐를 매단 채 떠나갔다.

그림자에게 듣다

꽃잎 지는 소리 듣는다.
억지로 입을 맞추는 빗방울들에
구석으로 내몰린
꽃잎들 파르르 떨고 있다.

흐르는 게 아니었어, 엄마는
가문비나무에게로 죽음이 옮겨가는 동안
피는 물보다 더욱 거짓말, 거짓말
물은 모든 색깔을 먹고도 그저
먹먹한데,
똑같은 소리로 다만 같은 잠을 자고,
같은 곳을 바라본다.
엄마는 가문비나무였다.
종일 강에서 보초를 서고
물비늘
꽃 피는 내내 하얗게 쏟아지고 있었다.

꽃가루처럼 날리는

봄비

수신하다

계단을 오른다.
한쪽 가슴께 울리는 통증
전송되지 못한 주파수가
도도하게 흐르는 강어귀에서 멈춘다.
눈이 발목까지 쌓여 생각도 하얘진다고
굴 밖으로 나오지 않는 곰 이야기를
박하 이파리처럼 질겅질겅 씹으면서
그 겨울,
눈보다는 허공에 발 푹푹 빠지는 꿈꾸며
너무 일찍 산비탈에서 눈 뜨고 있는 개나리
하늘은 제비똥을 찍찍 갈겨대며
안테나를 세웠지.
너무 낡고 뚱뚱한 겨울을 견딘
그리움
박하향 풍기는
당신을,
다른 한쪽 가슴께로 서서히 옮겨가는

우울한 실루엣

모르겠습니다 참말 모르겠습니다 유리병 안에 갇힌 조각난 아침이, 우울한 실루엣 그 빌어먹을 실루엣 때문에 칼날에 꽂힌 사과 한 조각 우물거리며 칼날과 사랑은 서툴게 아찔하게 이 겨울을 넘기고 있다고 유리병 안에 갇힌 우울한 실루엣 그 빌어먹을 실루엣 때문에 돌아서 가는 길은 낯선 도시의 불빛처럼 막막하기만 하다고 내 눈앞에서 죽음은 너무 쉽다고 만삭 아내의 늪처럼 허우적대는 이 겨울 그 빌어먹을 실루엣이 자꾸만 뒤통수를 치며 달려듭니다 차갑게 달궈진 오래된 빛깔, 상처

3부

■ 시인의 얼굴과 육필

사랑이 샌다

김효선

헐거운 어둠 속에서
나를 조여주던 나사가
더 이상 조여지지 않는다.
흐르는, 흘러가는, 수도꼭지에서
흐느끼는, 흐느적거리는, 물이 똑똑 떨어진다.
어둠 속에서 금속성 소음이 걸어 나온다.
저마다 비명을 지르며 쓰러지는,
물방울들에겐 그림자가 없다.
나사를 다시 제 살 속으로 조여보는 어둠 속,
길게 늘어진 내 손끝에서 똑똑 물이 떨어진다.
나는 주머니에 손을 넣는다.
흐르는, 흘러가는 수도꼭지를
잠그지 못한다.
흐느끼는, 너를

4부

그 자잘하고 미묘하게 흔들리는

벽, 견고한 무정부

사랑은 언제나 틀 안에 잠들어 있다……………………
고 믿는………………가볍게 핸드백 끈을 달랑거리는 여자
와 치른 사막에서의 끈적한 정사情事…………………그게 다
야?…………………하고 묻는……………………남자는 젖
은 풀섶 사이로 길을 만들고……………여자가 하이힐을 신
고 또각거리다가 맨발로 풀섶에 뛰어 든다…………………
고 툴툴대는 남자……………………의 구두를 발끝으로 툭
툭 치는 여자……………………사상思想이 엉망인 검정구두
에 물든……………………남자……………………의 눈
물……………………에 달려들어 비꼬는 싸늘한 시선의 여
자와………………………………강물로 뛰어든 남
자……………………의 구두…………………를 뜯어먹는
피라니아……………………그림이 당신을 끌고 가는 건 어
쩌면 낡은 성城……………………풀숲에 가려진 견고한
벽……………………그 너머………………내 무의식에 깃발
을 꽂는 남자

사랑이 샌다

헐거운 어둠 속에서
나를 조이던 나사가
더 이상 조여지지 않는다.
흐르는, 흘러가는,
흐느끼는, 흐느적거리는, 물이 똑똑 떨어진다.
수도꼭지에서 어둠 속에서 금속성 소음이 걸어나온다.
저마다 비명을 지르며 쓰러지는,
물방울들에겐 그림자가 없다.
나사를 다시 제 살 속으로 조이는 어둠 속,
길게 늘어진 내 손끝에서 똑똑 물이 떨어진다.
나는 주머니에 손을 넣는다.
흐르는, 흘러가는, 흐느끼는,
잠그지 못한다.
너를

도로공사 중

사나흘 안개비가 내린다.
대기大氣는 헬륨가스를 가득 채운 풍선처럼 부풀어 있고
한 번도 제자리를 떠나본 적 없는 나무들.
횡단보도에서,
끊임없이 중얼거리는 여자의 눈빛을 본다.
문 밖으로 흐르지 못한 언어들이
도로 위에 널브러진 채 숨을 쉬고
신호등 바뀔 때마다 한 움큼씩 뱉어내는 노오란
혈서 위로 난 길을 지난다.

그는 언제나 수동으로만 열린다.
가끔씩 목이 메어왔다.
물기 없는 고구마처럼 어둠은 늘 퍽퍽하다.
여자는 언제나 열쇠로 어둠을 연다.

바람이 분다,
철 지난 현수막은 국경일보다 더 견고하게 펄럭인다.
횡단보도의 여자는 희미하게 지워져가고,
도로 위엔 조팝나무 한 그루 하얗게 서 있다.

늙은 새들은 풍경을 만들지 않는다

전깃줄에 걸터앉아
묵음의 날들을
넌 마치 늙지 않을 것처럼 거기 서 있구나.

저 반짝이는
낡고 허물어져가는 불빛 속으로
새는 날개깃을 세우기도
넌 마치 늙지 않을 것처럼 거기 서 있구나.

깃털에서 사라진 불빛들이
폭죽처럼 터지기도 한다.
전깃줄에 걸터앉아, 불빛들
넌 마치 늙지 않을 것처럼 거기 서 있구나.

길 잃은 바람 몇 점 전깃줄을 흔들고,
넌 마치 늙지 않을 것처럼 거기 서 있구나.

그녀를, 봄

조율調律된 비가 내린다.

아다지오 풍風의 습관, 사내,

둥글게 튀어오르는 슬픔이란 없는 것인지

실하게 뿌리내린 바람이

땅 속으로 느리게 스며든다.

한 순간에 탄주彈奏되는 빗살,

빗길을 느리게 걸어가는 사내의 발걸음,

다시 탄력적으로 떨어지는 빗방울,

사내의 반짝이는 구두를 적실까 말까 고민하는

그녀를,

봄.

없는 길

지하도 입구 고개를 숙이고, 허리를 구부린 채 세월을 향해 경배하는 그림자 하나 본다.

나는 늘 그의 뒤통수만 본다. 꽁지 길게 늘어뜨린 햇살 아래, 그는 느린 포즈로 깃털을 손질한다. 그러다가 쭈뼛한 부리로 허공을 톡톡 쪼아댄다. 하늘 한 귀퉁이가 부서져 내리는 소리, 뒤통수를 길게 뺐다가 다시 바닥을 톡톡 쪼아댄다. 먹구름처럼 쏟아지는 바람소리, 어느 새 햇살은 건포도처럼 말라가고, 새카만 발가락으로 빛살을 조심스레 모은다. 바닥을 톡톡 쪼아댈 때마다 지상의 밤은 쓸쓸하지 않다. 느리게 지상을 벗어나며, 더 이상 허공에 집을 짓지 않는다.

그의 뒤통수에 단단한 은유 하나 박혀 있다.

비계와 은어

비가 내린다.
흐려진 시야
수많은 물고기들이 뇌 속으로 흘러든다.
각시붕어, 버들매치, 풀망치, 은어, 숭어,
뇌 속에서 알을 낳고 있다.
비릿한 시간들이 출렁거린다.

다시 비가 내린다.
날마다 비가 내린다.
수많은 치어穉魚들이 뇌를 조금씩 갉아먹고 있다.
산란을 멈추지 않는다.
각시붕어가 은어의 알을 낳고 버들매치가 숭어의 알을 낳고
풀망치가 각시붕어를 낳는다.
대뇌와 소뇌를 타고 흐르는 비릿한 시간.
비가 내린다.
물고기들은 쓸려가지 않고
뇌 속의 수초더미에 비계가 언어의 알을 낳고 있다.

푸른 잠수潛水

그녀는 베고니아가 핀 창가에 앉아 있다.

해무海霧가 파도의 속살을 들추는 곳에서 나는,

푸른바다가 그녀의 눈 속에서 잠시 출렁이다 꺼진다.

스스로 그늘이 되어버린 모서리 나는,

햇살이 그녀를 지나쳐 내게로 와서 부딪친다.

멀미나는 바다를 떠나야겠다고 나는,

알약처럼 그녀의 말투는 탁자모서리까지 굴러가 멈춰 있다.

혀를 놀릴 때마다 자꾸만 불꽃으로 타오르는 나는,

아직도 그녀는 젖어있는 지느러미를 살랑거려본다.

흩어진 말투를 주워 모으며 햇살에 부서지며 나는,

그녀, 음모陰毛가 빠져나간 자리마다 하얗게 피어있는 베고니아

젖은 구두를 신고 밥알을 삼키는 나는,

쇠사슬을 문 콘크리트처럼 단단하게 뭉쳐진 푸른 오후의 창밖을

들여다 본다 들여다만 본다.

다시는 타오르지 않을 것처럼 까맣게 앉아있는 그녀.

그는 언제나 맨발이다

터벅터벅 아스팔트를 지나는 비
가로등 아래에 멈춰 선다.
등을 보이며 걸어가는 남자를
넝쿨 감아 오르는 비.
젖은 신발이 바닥에 달라붙어 비명을 지르다가
바닥을 드러낸 술병처럼 투명해진다.
날마다 깨진 불빛들이 발바닥을 찔러대는
가로등 아래,

둥근 것들도 모서리를 만든다.

은빛 그늘에 잠들다

개가 흐린 달빛을 짖는다.

오늘은 참 밝구나 달빛이 흥건하게 환부를 스쳐가는 소리 마호가니빛 어둠을 질겅질겅 씹으면 건조한 날들은 또 반짝 이름을 뒤집어 물방울 몇 개 흘려놓기도 한다 고깔모자를 쓰고 불꽃놀이를 하는 어느 별 우물 안에선 벌건 가시들이 꽃을 피우기도 하는데

흐린 날 개가 하늘을 짖는다.
무심한 사상이 저기 흘러간다고
돌아갈 곳이 없는 빈 웃음을 잠깐 흘려놓고
또 안개처럼 하이얀 갈피를 꽂는다.

몸 안의 기억들이 열꽃 피는 밤에
흔들리는 나뭇잎에 대해 나는 쓴다.
부드럽게 피어난 청나래고사리
아직 흐린 달빛을 개가 짖는다.

지다 아니, 진다

흐린 하늘 아래

핀다 아니, 진다 벚꽃이

아니 그 아래

강아지 한 마리 누워 있다

아니, 아이가 서 있다

아니, 떨어진 코트를 입은 노인이 서 있다

얼음으로 빚은 조각들이 산산이 부서지는

벚나무 아래

내가 마법을 걸어놓고 잠들어버린

오후, 마악 흑백사진으로 인화되다

정적, 흐르다

그는 해골처럼 말라간다. 반 평 남짓한 화단 구석 얼어붙은 가시나무, 아이들은 담벼락 아래서 줄을 긋고, 스물인지 마흔 살인지, 새들이 하루종일 귓불을 간지럽힌다. 그래도 아이들의 줄은 끊어지지 않는다. 그가 히부죽이 웃는다. 며칠 째 허리에 달고 있는 빈 주머니. 두통이 사라지지 않을 거라고, 설익은 탱자의 시퍼런 향기가 손바닥에서 떠나지 않는다. 아이들은 저녁 무렵까지 햇살과 담벼락에 얼어붙어 있다. 그는 또 이불 속에 얼음알갱이 같은 햇살을 구겨 넣고 잠든다. 창밖을 보던 그가 또 히부죽 웃는다. 검정고무신이 담벼락 아래서 햇살을 퍼내고 있다.

빙하를 꿈꾸는 K씨

한평생 바닥에 붙어사는 새 한 마리,

꺼억꺼억 오래된 관절을 풀며

접어둔 잡지 한 귀퉁이 미끈한 허벅지를 어루만진다.

바닥에 들러붙은 똥개처럼 눈만 꿈벅꿈벅

밤새 시간의 프로펠러를 거꾸로 돌리며

무료한 복숭아뼈 너머 발끝에 툭툭 떨어지는

가족들의 빛바랜 바람을 건드려본다.

어느 새 바닥에서 다시 바닥으로

자고 일어나면 방바닥엔 항상

절망처럼 누룩곰팡이가 피어난다.

반쪽

골목에 비가 내린다. 고여 있던 반쪽도 떠내려간다. 대체 난 무얼 할 수 있을까. 샛노란 국화를.

명중한다, 꽃을. 굳이 어둠이 아니라도 손끝에서 떨리는 한 줌, 더듬거리며 찾아야 할 희망 같은 거, 샛노란 국화를 우겨대며 숟가락 안 밥알들을 세어야 하는 운명. 더러 반쪽의 거울 속에서 반쪽의 어깨를 적시며 골목에 반쪽의 비가 내린다. 고여 있던 빗물이 떠내려간다. 꽃은 반쪽만 고개를 떨군다. 대체 난 무얼 할 수 있을까. 세월이 비켜간 자리에 남은 빗물, 반쪽의 사랑이 고인다. 머물다 떠난다.

물 위에 눕다

겨울을 지나는 지하도,
딱딱한 계단을 베고 누워있는 사내의
투정 섞인 잠꼬대가 강으로 흘러든다
어머니,
천 년쯤 잠들고 싶어요
입 속 가득 콘크리트로 채워진 거리
힘차게 물살을 타고
어머니 젖무덤을 파고드는 사내
도시의 이름을 묻는 빽빽한 수초 아래
바람을 타고 흘러든 소문이 무성하다
물살을 타고 흘러든 사내의 음성이 빗물로 떨어지는
도시,
사내의 이름은 지워지고
계절 밖을 거슬러 올라온 연어가
바위틈에 힘겹게 알을 슬어놓고 있다

지독한 사랑, 아라크네

머리카락을 풀어헤친 채 하얀 마녀가 측백나무 사이로 호호 입김을 불어가며, 나뭇가지마다 치렁치렁 얼어붙은 말들이 간당거리며 매달린 채, 바람이 불어도 끄떡하지 않는 저 고집스런 어깨를 봐, 좀 더 촘촘한 외투를 짜주면 안 되겠니, 측백나무 사이 높은 콧대를 가진 마녀, 나뭇가지에 얼어붙은 입김, 좀 더 슬픈 드라마를 보여줘. 고이지 않는 눈물, 측백나무를 껴안고 바람이 불어, 제발 슬픔을 던져줘, 얼음.

5부

나를 끌고 가는 길

서른넷, 상실

나는 오래 전부터 그녀를 안다.
참 곱게 늙었다,
그녀에게 이름을 묻는다.
나는 오래 전부터 그녀를 알고 있다.
상처마다 사과향기 가득한 등燈을 달고
미열을 품은 그림자가 몸을 덮기 시작한다.
나는 오래 전부터 그녀를 알고 있다,
TV를 켜고 책을 펼치고 컴퓨터를 켠다,
드라마를 보면서 책을 읽으면서 음악을 듣는다.
나는 오래 전부터 그녀를 알고 있다,

너무 많은 새들이 한꺼번에 그녀의 머리를 쪼아댄다,

두통은 오래된 사과향기
나는 오래 전부터 그녀를 알고 있다.

서른넷, 습관

진찰을 받고 돌아설 때 의사는 고개를 흔들었어, 어디선가 그르렁 소리가 들리지만 그건 늘 징징거리는 바람소리. 침묵은 너무 달아, 가끔 지도에도 없는 길을 찾아 떠나지. 아프지도 않은 기억이 바람소리를 듣고 있어. 그 바람소리가 나를 흔들어. 하지만 난 아주 오래 전에 잠긴 채 버려진 지하실의 자물쇠. 내 몸의 주소는 이미 오래 전에 도둑맞았어. 내가 꿈꾸는 도시는 지도에도 없는 아주 먼 곳. 가끔씩 몸에서 그르렁거리는 소리를 들어. 흰 알약들이 시간 맞춰 까딱까딱 목구멍으로 들어갔어. 아프지도 않은데, 수만 년 전의 물소 떼들이 내게 달려들어. 길을 찾아 떠나는 세렝게티의 초원처럼 아파트의 아침은 늘 싱싱해. 낡은 자물쇠, 꿈쩍도 하지 않는, 물소 떼들이 물을 마시고 있어. 또 어디선가 그르렁거리는 소리가 들려. 기억 속에 남아 있는 건 바람소리, 진료실을 나설 때 의사는 고개를 흔들었어.

서른넷, 단풍

내장까지 붉은 단풍이야
수화기에서 붉은 목소리가 툭툭 떨어진다.
발밑으로 쏟아지는
아가씨, 아가씨야,
기록한 날들보다 기억해야 할 날들이 더 많아.
언제부턴가 아침이 없어
너를 기다린 시간이 더 많다고
더듬거리며 희망을 찾던
아가씨, 아가씨야,
가끔은 발밑으로 비가 내린다.
멈출 수 없는 바람이 분다. 그리움처럼
아직도 단풍처럼 터지는 목소리,
그믐달처럼 반쯤 기울어진 어깨,
가을에는 없다,
서른 넷,

사막을 꿈꾸는 O양

날마다 얼음덩어리 껴안고 잠이 드는

아무리 껴안아도 녹지 않는,

그녀는 태양을 알지 못한다.

건물 안으로

날마다 얼음덩어리를 옮기며

알래스카의 빙벽보다 더 하얀 이를 드러내는 그녀

얼음 도시에서

그녀는 사막처럼 건조한 아이를 낳는다.

주머니에서 꺼낸 담배가

살얼음 깔린 저수지처럼 불안하게 흔들린다.

대부분의 얼음은 사각, 사각사각 부서지고

그녀는 냉동의 사막을 꿈꾸고 있다.

서른다섯 마리의 뱀

서른다섯의 저녁 식사는
눅눅한 벽지를 타고 흐르는 습기처럼 스며든다.
동공이 풀린 채 누워있는 고등어,
살점을 뜯어낸 자국이
벽에 걸린 못자국처럼 파인다.
입을 열지 않아 그 무게를 가늠할 수 없는 침묵.
기억이 물방울을 만든다.
굴러가다 멈춰 서는,
저녁 식사는 늘 그렇게 또르르 또르르
어머니와 아버지를 향해 스며들다 멈춰 선다.
한 세월 스르륵 옷을 벗고 입안으로 굴러드는 밥알들,
물에 풀어놓으면 또 다시 밥알들은 길을 가르쳐 줄 것이다.

내가 지나온 길엔 늘 똬리를 튼 뱀이 허물을 벗고 있다.

서른다섯 개의 삐걱거림

그 밤 열대야로 다시 햇살이,
어디선가 새어든 물비늘이 어릉어릉 방안을 돌아다니고
의자 위에 앉아있던 너 물비늘을 유령처럼 뒤쫓고.
그거 아니?
 넌 저 너머 아프리카 코끼리처럼 어그적어그적 달빛을 먹기 시작했지.
그때 노래가 흘러나왔을 거야 아마,
너는 어디에…너는 어디에…너는 어디에…너는 어디에…너는 어디에…너는 어디에…너는 어디에…너는 어디에…너는 어디에…너는 어디에…난 니가 필요해…
찌그덕 찌그덕 바람이 불어왔지 아마,
반복, 또 반복,
무릎을 세우고 탁자 아래 쪼그려 앉은 너를 보았어.
네가 달빛을 다 먹어치울 동안
똑같은 노래가 서른 번을 넘기며 핏대를 세우고 있었을 거야 아마,

왜 코스모스가 여름에 피는지 아니?

비어있는 너

소리가 숨어버린
빈 집
줄장미 넝쿨이 벽을 타고 오른다.
문지방에 걸려
툭
넘어진 낮달이
오래도록
일어나지 못한다.
줄장미 가시에 찔린 낮달이
벽에 하혈下血하는 것도 모르고.

꿈, 떨어진

얼음 조각들이 몸에 박혀 떨어지지 않는다. 꿈이
얼음 나비들을 물고 어디론가 사라진다. 꿈이
아닌 꿈이,
꽁꽁 언 발바닥을 간지럽히면
나는
목요일과 금요일을 건너 성수대교를 지난다.
몇 마리의 얼음 나비들이 심장에 박히고,
냉동된 우심실右心室에서 맥박 뛰는 소리 들린다.
돌아오지 않을 저녁을 기다리는,
배고픈 꿈이 또 꿈을 꾼다.
얼음 나비들이 다 날아가 버리고 나면
붉은 꽃들이 저수지에 가시처럼 박힌다.
얼음 비늘은 아무나 벗길 수 있는 게 아니란다.
얼어붙은 우심실이 다시 뛰기 시작한다.
환장하게 꿈이 또 꿈을 꾼다.

그 겨우내 빙벽氷壁 너머로 날아간 얼음나비들은 돌아오지 않았다.

나무에서

서울에 첫눈이 내렸다는 날,
이파리를 다 떨군 은행나무에
낮빛 파란 구름이 걸렸다.
길을 떠난 건 열일곱
새벽마다 방문 앞을 콕콕 쪼아대던 참새들이거나
휴일마다 비에 떠내려가는 꿈을 꾸던 소녀이거나
뱃속 가득 차 있던 바람소리이거나
비바람이 몰아치는 토요일이었다.
발밑에 노오란 눈물 수북이 떨어져 내리고
촘촘하게 하늘을 메운 그물 안에서
입이 없는 물고기들 발버둥친다.

천 명의 아이를 낳고 싶다

오월, 멀구슬 나무에
수천의 꽃눈이 달려있다.
꿈이 이루어질 수 있을까
긴 겨울을 돌아나와
푸른 세상을 만드는 멀구슬나무가
봄을 조율하고 있다.
꿈이 이루어질 수 있을까
꽃눈 하나 피우지 못하는 내 몸
오늘, 세상에 눈 두지 않는
천 명의 아이를 낳고 싶다.
더운 피가 도는 내 손
꿈이 이루어질 수 있을까
발밑에서 조그만 돌들이 후끈 달아오른다.

서른다섯 켤레의 신발

심하게 어지럼증을 앓은 날.

굴러가던 햇살에 넘어져 신발은 저 혼자 그네를 타고,

경계를 허문 하늘.

지상의 낡은 바람이 빈 공터에서 신발 한 켤레 지키는,

고로쇠나무 아래 오래된 약속을 묻어두고,

새가 날아간 자리 깃털처럼 날리는 세월,

노을이 저벅저벅 걸어오는 날이면 신발을 신고 날아갈 수 있을까,

허공에 푹푹 발이 빠지던 서른다섯,

하얀 물매화가 손톱에서 피어나고 있다.

신발은 늘 뒤꿈치가 벗겨진 채 저만치 서있고,

그 옆 작게 흔들리는 꽃들이 중심이 되어간다.

그가 내 안에 있다는 생각은 늘 치명적인 오류를 낳는다.

유도화 피는 계절

삼십대 중반에 이력서를 쓴다.
그 안에 줄지어 피어나는 유도화
탐스럽게 피어나는 연분홍 꽃을 꺾을까 말까
유도화 향기는
어지러웠다,
투박한 손으로 꺾을 수 없어
그냥 지나친다.
가난의 질기고 독한 바람이 따라왔다.
이유 없이 늘 미안했다.
그때마다 유도화 꽃잎은 너무 환하게
꽉 채워진 생의 기록들,
그러나 한 줄 피지도 못했다.
담벼락에 피어있던 유도화 꽃향기가 따라온다.

향기를 품지도 못하면서
독하게 살지도 못하면서

질기고 독한 바람이 내 몸을 덮친다.
이유 없이 피투성이가 된 기억들
쓴다, 연분홍 꽃잎 위에,

겨울비

말을 잃어버렸어. 아무리 생각해도 생각나지 않아. 눈동자 사이로 상수리나무 한 그루 지나가. 건조하게 뒤집힌 이파리가 가지 사이로 혓바닥을 밀어넣어. 풀풀 마른 침 넘어가는 소리. 비어 있는 물관에서 탁구공이 통통 공허하게 울려오는 바람소리. 그래 아무래도 좋아. 잃어버렸으니까. 소곤소곤 매달린 구름, 바짝 마른 이파리에 매달리고 싶은 생각은 없어. 룰루랄라 신나는 일들이 먼지처럼 사라지는 간이역. 그래 아무래도 좋아. 잃어버렸으니까. 젖어있던 기억들이 흐흐흐 흘러갈 때 안아달라고 뒤집힌 이파리들. 척척척 누군가 내 뺨을 때려. 그래 아무래도 좋아. 잃어버렸으니까 말이야.

뱀파이어와 봄을

흐르는, 흐르지 않는 것도 아니어서

족보처럼 긴 시간을 수화기 너머로 보낸다 여자는. 어쩔 수 없이 걸어온 발자국을 지우고 지우며 지우다 다시 되돌린다 여자는. 스파르타식으로 건너오고 건너가는 계절, 되돌리고 되돌려도 도돌이표처럼 돌아오는 꽃잎들. 가려고 하면 붙잡아 기어이 붉은 흔적을 남긴다. 지구 밖에는 아직 붉은 피가 돌고 있다. 벚꽃이 피었다 지는 동안에도 여자는 수화기를 든다.

수화기 너머 사내가 달빛을 뜯으며 졸고 있다. 여자의 피는 언제부턴가 달빛처럼 파랗다. 사내가 졸고 있는 동안 여자는 개기일식을 지나는 날이 많아진다. 달빛은 새파란 피를 뿜어내고 있다. 여자는 다시 수화기를 든다. 지구 밖으로 새파란 피가 돌고 있다.

창문이 편지를 쓴다

편지가 되돌아 왔다. 열대야가 시작된 것이다. 고양이는 밤마다 울고 집나간 어둠은 돌아오지 않았다. 다시 편지를 쓴다. 열대야가 시작된 것이다. 칸나처럼 창문을 긁어대는 손톱이 있다. 울지 마라 아가야, 멀미나는 불빛들, 외로움을 감추기 위한 위장술이라고, 한때 창문 앞에서 손 흔들던 애인은 불빛 속에 자취를 감췄다. 울지 마라, 귓속으로 번져가는 열대야, 고양이 울음소리는 이제 지하계단처럼 깊어간다. 아가야 울지 마라, 창문이 편지를 쓴다. 열대야가 시작된 것이다. 어둠의 소리가 한 꺼풀 벗겨진다. 기억은 벌써 서른다섯 번째 소식이 끊겨 있다. 울지 마라, 울지 마라, 불면이 또 나란히 눕는다. 고양이 울음이 이명耳鳴처럼,

창문으로 젖은 편지들만 쏟아진다. 열대야다.

■ 시인의 꿈과 길

| 시작노트 |

나는 음지에서 자라는 식물이다

어린 시절 고향의 팽나무를 친친 감아 오르던 구렁이를 기억한다.

혹은 멀구슬나무 아래서 손끝이 아프도록 마늘을 까던 일.

그리고 손톱 밑을 후벼파던 바람과, 그 나무를 거쳐 간 바람의 시간.

내 시는 바람과 그늘과 나무의 공명음을 들으며 쓰여 진다.

어린 시절 나는 그저 캄캄한 구석처럼, 캄캄한 사람이 되었으면 했다.

그때 누군가 나에게 물었다. 넌 왜 그렇게 쥐며느리처럼 웅크리고 자니?

그땐 몰랐다. 그저 잠버릇이겠거니 했는데, 지금 와서 생각해보니 나는 늘,

내 안의 생각들을 동그랗게 말고 사는 쥐며느리였다.

아니 그늘에서만, 눈에 보이지 않는 꽃을 피우는 이끼류나 양치류였는지도 모를 일이다.

나의 언어는 아직 까마득한 우주의 한 점,

그러나 미완성이기에 아름다운 것이 또 나의 집이다.

다만, 미완성인 나의 언어가 우물처럼 깊어지고
퍼 올리고 퍼 올려도 마르지 않기를.
그래서 누군가의 마른 목을 시원하게 적셔 주는
한 홉의 물이라도 될 수 있기를,
하지만 내가 짓는 언어의 집은 언제나 미완성이다.

시를 쓰는 일이 참 무섭게 느껴질 때가 있다.
피를 말리고, 정신을 빼 놓고, 가끔은 자다가 벌떡 일어나
몽유병 환자처럼 컴퓨터의 키보드를 두드리는 나를 발견하곤 한다.
문득 시의 노예가 되어 버린 것은 아닐까하는 두려움.
하지만 어차피 시의 노예로 살아가야 할 숙명,
아이러니컬하지만 즐겁다.

고통과 희열, 이 두 개의 감정을 저울질하는 새벽 3시.
내가 자라는 시간은 밤 11시부터 새벽 3시까지다.
아직도 나는 꽃 피우고 있는 중,
그늘에서, 깜깜한 어둠에서 더 잘 자라는 음지식물이므로.

어렵고 힘든 고비를 넘기며 살아온 시간들.
이제 그 슬픔이, 그 고통이 내 시를 이어가는 힘이 될 것이다.
금기처럼 숨겨왔던 날들을 바람 속에 풀어놓는 일 또한
앞으로 내가 해야 할 일이다.

그러나 결코, 길들여지지 않는 바람처럼 이 길을 가리라.
나의 내면은 아직 나의 언어보다 대범하지 못하다.

1972년 **하나가 아닌 반쪽의 슬픔**

바람이 매섭기로 소문난 제주도 모슬포에서, 하나가 아닌 둘이 동시에 태어났다. 어쩔 수 없이 할머니와 어머니 손에서 번갈아 가면서 자랐다. 젖이 모자란 어머니, 하지만 아버지가 가구점을 하는 덕에 생활은 그리 어려운 편이 아니었다. 그래서 그 당시 흔하게 먹을 수 없었다는 우유를 먹고 자랐다고 한다. 그런데 그것도 잠깐이었다. 가구점이 쫄딱 망하고 외할머니와 삼촌, 이모들이 살고 있는 옆 동네 대정읍 인성리로 이식移植됐다. 어렸을 적이라 기억이 희미하지만, 어머니는 힘들 때마다 돌무렵 때 이야기를 자주 꺼내신다. 갑자기 잘 걷던 아이가 걷지 못하는 걸 보고 기겁을 하셨단다. 그래서 제주시로 가는 버스도 없었을 때 무조건 나를 업고 병원으로 뛰었다고 한다. 소아마비였다. 병원마다 거절하는 걸, 겨우 침놓는 할아버지에게 부탁해 매일 업고 먼먼 시내 출입을 하셨다. 그런 기억 때문인지 어린 시절은 대부분 누워 지낸 기억들로 점철되어 있다. 아, 참! 가끔은 탁아소에 다녔던 기억이 꿈속에 나타날 때도 있는데, 그때마저 누워 있는 그림이다. 핏기가 없어서 자주 어디 아프냐는 소리를 들었던 것 같다. 그런 까닭에 콤플렉스가 시작되었던 것 같다. 지독히 내성적이고 병약한 나는 그때부터 쥐며느리처럼 음지로, 음지로 동그랗게 말려들어갔다. 아주 축축하고 습한 기운을 품은 채.

1979년 **기억조차 가난한 여덟 살**

꽃샘추위가 기승을 부리던 시절 보성초등학교 입학. 농촌생활에 바쁜 부모님을 대신해 이모부가 나이가 같은 사촌 입학과 겸해 나의 첫 학교 입학식에 참석. 손수건 한 장 가슴에 달고 그 넓은 운동장에서 벌벌 떨었던 기억은 잊혀지지 않는다. 그림자 같은 아이. 자주 아팠고, 책상에 앉아있는 것보다 누워 지낸 시간이 더 많았다. 쌍생아로 태어나서 그런지 몸이 허약했다. 그래서 자주 쓰러져 운동장 조회를 하는 날이면 식은땀을 줄줄 흘리곤 했다. 뿐만 아니라, 난 그렇게 축복받은 아이가 아니었다. 건강하고 일 잘하는 아이를 원했던 부모님은 큰 딸이 아들로 태어나지 않은 것도 마땅치 않은데 자주 아파서 일손을 보태지 못하니까 속상한 얼굴을 많이 내비치셨다. 그때 자주 시한부 선고를 받은 동화 속 주인공들 얼굴을 떠올렸다. 내가 그렇게 죽는다면 어떻게 될까? 하는 생각들. 어둠과 친해졌다. 밤이면 내 창문으로 깜깜하게 덮쳐오던 팽나무는 무서움과 동시에 화인火印처럼 새겨진 시간이다.

1983년 **열두 살의 꿈**

끔찍하리만큼 반복해서 같은 내용의 꿈을 꾼 적이 있다. 참으로 오랜 동안이었다. 보성초등학교 5, 6

학년, 2년이라는 시간. 그 정지된 시간들이 내 꿈을 지배했다. 그것이 스무 살까지 계속 되었던 것으로 기억된다. 하지만 그 시간은 지금도 내 안에 존재하고 있다. 만약 선생님을 만나지 않았더라면 아마도 쥐며느리처럼 음지를 떠나지 못했을지도 모른다. 검은 뿔테 안경 그리고 호리호리한 키에 하얀 얼굴. 자전거를 타고 동네를 돌던 그 모습이 아직도 눈에 선하다. 여학생들의 동경의 대상이었던 선생님이 어느 날 나에게 손을 내밀었다. 방과 후에 남아서 시를 고치고 가라고. 난 뜨악한 얼굴로 도대체 무슨 일인가 했지만, 6학년이 끝나갈 무렵까지 그렇게 방과 후에 남는 아이가 되었다. 5학년 여름이 다 되어갈 무렵부터 수업이 끝나고 집에 가지 않고 항상 남아서 시를 쓰거나 고쳐야 했다. 내가 시를 쓸 수 있다니. 아니 내 시가 선생님 눈에 띌 수 있다니. 하지만 부모님은 마뜩찮아 하셨다. 지금은 〈탐라문화제〉로 바뀌었지만 당시 〈한라문화제〉에서 시부 최우수상을 수상했다. 신문에 얼굴이 실리고, 친척들은 알아보고 축하 전화를 했지만 부모님에게 한마디의 칭찬도 들을 수 없었다. 여전히 글짓기를 잘하는 아이보다는 공부 잘하는 아이를 원하셨기 때문이다. 하지만 그때 그 순간이 없었더라면 나는 어쩌면 시인이 되어야겠다는 생각을 하지 못했을 것이다. 나에게 첫사랑이었던 그 시간.

영화 〈일 포스티노〉에서 파블로 네루다의 우편배달부 마리오가 처음 은유를 알고 시를 쓸 때의 기분도 그런 것이었을까. 그렇게 꿈이, 시가 나에게로 왔다.

1985년 **열네 살에 소멸된 꿈**

한 학년에 두 개 반이 전부인 초등학교에서 여덟 개 반으로 늘어난 대정중학교 입학. 바다와 가까운 곳에 있었으나 한 번도 모슬포 앞바다에 드나든 적 없는, 그저 학교와 집만을 오고갔던 시절. 그렇다고 공부에 집중한 것도 아니고, 내 나이에 맞지 않는 소설책만 읽으며 겉멋만 키우던 시절.

초등학교 때 수상경력으로 자주 글짓기 대회에 불려나감. 하지만 학교의 명예를 세워주지는 못하고 초등학교 때 시를 썼다는 것이 신기할 정도로 시는 꽝이었음. 내가 생각해도 그때 내가 왜 그랬는지 모르겠지만 동시도 아니고 그렇다고 시도 아닌 그저 흉내만 낸 글들이었으니 뽑아줄 리가 없었다. 글 속에 진실이 살아있어야 하는 것을 몰랐으니. 친구들의 숙제(시 써오기)를 대신해주는 것으로 만족하는 나날을 보냈다. 더 이상 국어시간이 재미있지 않았다. 밑줄과 문법에 갇혀 시를 보는 눈도 글을 보는 눈도 없었다. 감성보다 답을 더 중요하게 생각하는 학교생활에서 나는 다시 길을 잃었다. 당시 유행하던 삼류소설들로 밤을 샜던 기억들. 내

사춘기는 또 그렇게 우울한 음지였고 밤이었다.

1988년 **열아홉과 아킬레스건腱**

쌍생아로 태어난 슬픔은 고등학교에 입학하면서 드디어 그 실체를 드러냈다. 아니 딸린 식구가 많았다. 1남 6녀. 줄줄이 월사금을 내야했던 시절이다. 어쩔 수 없이 고등학교에 입학해야 하는 나와 또 다른 동생은 학비가 거의 없는 학교를 선택할 수밖에 없었다. 김해여고. 나와 동생은 집을 떠나 3년을 김해에서 떠돌았다. 하지만 나에게 그 3년은 최상의 시간이었다. 특히 학교 가는 길에 벚꽃이 흐드러지게 피었던 동산을 잊을 수 없다. 아직도 내 감성을 자극하고 있는 꽃은 벚꽃이 하늘하늘 떨어져 내릴 때다. 벚꽃이 팝콘처럼 몽글몽글 익어가고 다시 하늘하늘 떨어져 내리는 거리를 걸을 때면 항상 빨강머리 앤이 된 기분이다. 아니 빨강머리 앤이 되고 싶었다. 유난히 벚꽃에 집착하게 된 이유가 그저 빨강머리 앤 때문이었다고 해도 과언이 아니다. 매일 저녁 거르지 않고 보고 또 봐도 질리지 않는 빨강머리 앤. 그 안에 내가 있었다.

때문에 밤을 새야 했고, 팝송을 옆구리에 끼고 다니던 시절이었다. 마이마이라고 부르던 조그만 카세트가 재산목록 1호였을 정도다.

나의 여고시절, 내 키보다 큰 망토를 뒤집어 쓴 채 벚꽃 비를 맞고 있는.

1991년 **스무 살 혹은 안개의 늪**

고등학교를 졸업하고 나자 앞이 깜깜해졌다. 아무도 내 길을 가르쳐 주는 이가 없었다. 무슨 과를 어떻게 가야할지 모르는 막막함. 그건 언제 어디서 왔는지 모를 안개처럼 지독했으며, 형체도 없이 발목까지 적셔오는 지리멸렬함이었다. 마치 내가 딴 세상에 살다 온 사람 같았다. 대학도 포기하고 한동안 방황에 들어갔다.

그즈음 나는 늪에 빠진 것 같았다. 허우적거려도 아무도 손 내밀어주는 사람 없는 도시. 밤마다 불안한 꿈을 꾸는 날들이 시작되었다. 거대한 안개가 밀려오고 있었다. 하지만 이상하게도 그건 희열이었다. 기분 좋은 두통이었다. 한때 내 머릿속을 군림하던 안개의 늪. 그저 발이 푹푹 빠지게 내버려 두었던 시절. 하지만 여전히 인생의 목표는 '꽝'이었다. 안개 같은 나날이었다.

1992년 **스물한 살에 다시 꿈꾸다**

일 년을 버티고 나니 정말 대학에 들어가지 않으면 안 될 것 같았다. 할 일이 없었다. 아니 정확하게 말하면 할 줄 아는 것이 아무것도 없었다. 그렇지만 내 형편에 가고 싶은 과를 갈 수도 없었다. 여전히 쌍생아라는 꼬리표 때문이었다. 둘 다 4년제를 보내줄 수 없다는 것이 부모님의 판결이었다. 어쩔 수 없이 당시 제일 인기가 높다는 전문대 전산과에 입학했다. 하지만 C언어에서 코볼, 포트란 같은 과목은 정말 나에게는 외계어 같았다. 문과 계열이 아닌 이과 계열 과목들이 나의 정체성을 더욱 의심하게 했다. 그래서 나는 프로그램을 짜는 일보다 동아리 활동에 매진했다. 외솔 최현배 선생님의 이름을 빌어 지은 〈외솔〉동아리였다. 비록 비좁은 동아리방이었지만 글이 좋아서 모인 사람들이었다. 학교 축제가 열릴 즈음에 회원들이 시화전을 준비했는데 밤을 새며 작품을 만들었던 기억은 아직도 잊혀지지 않는다. 그 당시 우리가 글에 품었던 열정은 말이 필요 없을 정도였다. 지금은 결혼과 직장생활로 그 열정을 간직하고 있는 이가 몇 안되지만.

1994년 **스물셋의 엄마**

졸업을 하고나서 나는 또 고민에 빠졌다. 내가 무얼 할 수 있을까 고민하던 차에 나는 결혼이라는 것을 선택했다. 그땐 왜 그랬는지 모르겠지만 내가 할 수 있는 건 아무것도 없다는 좌절감에 빠져 있었다. 내 적성에 맞지 않았던 전공은 나를 또 다시 무기력에 빠져들게 했다.

당시 나는 정말 우울했었다. 그 우울의 정체를 사랑으로 감싸준 것이 남편이다. 너무 이른 나이에 결혼해서 슬픈 일도 많았다. 주위의 친구들은 너무도 생생하게 젊고 아름다웠지만 거울에 비친 내 모습은 그야말로 싱싱함이라고는 찾아볼 수 없는 '아줌마' 세 글자였다. 어느덧 나는 두 아이의 엄마가 되어 있었다. 그러나 밥을 먹어도 헛배가 부른 것처럼 속이 더부룩해서 매일같이 소화제를 먹어야 했고, 알 수 없는 두통이 하루하루 내 머리를 내리치고 있었다. 무엇인가에 홀린 사람처럼 그렇게 정체모를 병들이 내 몸을 잠식해 갔다. 나는 점점 우울증 환자가 되어갔다. 청춘의 시간들이 모래시계처럼 빠져나가고 있는 것을 망연자실 그렇게 넋 놓고 바라볼 수밖에 없었다. 그런데 우연히 신문에서 문화센터 무료 '시 강좌' 소식을 접했다. 나는 무엇엔가 홀린 사람처럼 시 강좌에 하루하루를 걸었다. 그때 시에 눈을 뜨게 해 준 분이 제주대 윤석산 교수님이다. 마치 딴 세상에 내가 있는 것 같은 착각이 나를 행복하게 했다. 그렇게 또 다시 시가 내게로 왔다.

2000년 **스물아홉에 시를 찾아서**

나는 다시 공부가 하고 싶어졌다. 그러나 혼자 몸이 아니었다. 두 아이와 남편을 챙겨야 했다. 하지만 독하게 마음먹지 않으면 그 기회가 다시없을 것 같았다. 그 길에 택한 것이 한국방송통신대학 국어국문학과였다. 3학년에 편입해 2년 안에 졸업하기 위해 도서관에서 살다시피 했다. 비록 혼자 하는 공부였지만 그렇게 재미있을 수 없었다. 공부가 재미있다는 얘기를 그제서야 믿을 수 있었다. 한번 시작하면 끝을 봐야 하는 성격이 있는지 다행히도 2년 안에 졸업을 할 수 있었다. 나는 다시 대학원 공부를 하려고 마음먹었다. 하지만 아이들은 커 가는데 내버려둘 수가 없었다. 그래 2년만 있다가 하자 하면서 미룬 것이 지금이다. 지금은 직장 핑계로 미루고 있지만, 내년에는 꼭 공부를 시작할 생각이다.
윤석산 교수님과의 만남은 다시 〈다층〉 동인활동으로 이어졌다. 이미 등단을 한 사람들도 많았고 현대시에 관해서 둘째가라면 서러울 정도로 합평회는 치열했다. 나는 꿔다놓은 보릿자루였다. 휘둥그레, 멀뚱멀뚱. 오르지 못할 나무에 발을 올려놓은 것 같은. 처음 시를 내놓았을 때 나는 정말 쥐구멍에라도 숨고 싶었다. 벌겋게 달아오른 얼굴과 심장. 그때부터 시작이었다. 부끄러움을 내려놓기 위한 구실이었다고 할 수도 있지만, 어쨌든 그때부터 내로라하는 시인들의 시집을 읽기 시작했다. 전부를 이해할 수는 없었지만 시에서 전해오는 느낌은 알 수 있었다. 그건 또 다른 전율이었다. 시로 공감하고 공유하는 세계는 말로 표현할 수 없을 만큼 충격적이었다. '왜 난 그 느낌을 저렇게 표현하지 못했을까' 밤새 고민은 이어졌고, 끊임없이 쏟아지는 시의 충격을 견디는 일들이 일상이 되었다. 그때부터 새벽 3시의 벽壁이 만들어졌다. 아니 3시를 훌쩍 넘기는 날이 많아졌다. 이 글을 쓰고 있는 시간도 새벽 3시가 가까워지는 시간이다. 어느 새 새벽 3시는 나에게 철칙 같은 시간이 되어버렸다.

2004년 **서른셋 시인의 집에 들어가다**

어느 정도 시다워졌다고 생각했을 때, 그때부터 또 다른 좌절이 시작되었다. 신춘문예에서 매번 떨어지는 씁쓸함을 맛보아야 했다. 글을 쓰는 사람이라면 몇 번쯤은 마셔봤을, 마시고 나면 씁쓸하지만 그렇다고 쉽게 버리지 못하는 그러나 나는 끝내 신춘문예의 늪에서 벗어나와 문예지로 눈을 돌렸고 당시 읽었던 문예지 중에서 괜찮은 문예지에 신인투고를 했다.

2004년 여름, 계간 『리토피아』 신인상에 당선되었다는 소식을 들었다. 그동안 지새웠던 어둠의 무게가 한꺼번에 가벼워지는 느낌이었다.

그러나 당선 이후 시에 대한 무게는 납덩이보다 무거웠다. 누군가에게 읽혀지고 있다고 생각하면 대충 쓸 수 없었다. 이제 시는 나를 떠나 독자의 몫이 된 셈이기 때문이다.

2005년 **서른넷에 방송작가 되다**

우연이었을까? 아는 시인으로부터 방송작가를 해볼 생각이 없냐는 전화를 받았다. 난 당시 아이들 논술을 가르치고 있어서 망설였다. 하지만 한 번 꼭 하고 싶은 일이기도 했다. 또 다른 세계에 발을 들여놓기로 결심하고 지역 케이블 방송국에서 작가 일을 하게 됐다. 그러나 참 길은 너무 멀었다. 무턱대고 하고 싶다고는 했지만 방송에 대해서는 주워들은 얘기도 없을 만큼 문외한이었다. TV도 잘 안 보던 내가 방송 일을 하겠다고 했으니…….

어쨌든 도전은 시작됐다. 처음엔 나름대로 재미도 있었다. 촬영현장을 따라나서는 것도 신기했고, 영상을 보며 글을 쓰는 일도 재미있었다. 하지만 모든 일이 그렇듯 기본이 없으면 무너지게 되나보다. 얼마 못 가서 나는 회의를 느꼈다. 답답함. 그것은 공허한 울림에서 오는 허무였다. 기발한, 참신한 아이디어는 어디에도 없었다. 방송작가 2년이 다 되어갈 무렵까지도 나는 그저 방송국을 드나들었을 뿐이었지 방송에 'ㅂ'자도 모르는 신세였던 것이다.

어쩌면 시도 그런 것이었을까. 처음엔 그저 쓰지 않고는 못 배길 것 같았는데 쓰면 쓸수록 어려운 것이 시였다. 쓰지 않는 일도, 쓰는 일도 다 고통의 연속이었다.

2007년 **서른여섯 또 다시 바람에 몸을 맡기다**

방송은 나를 참 힘들게 했다. 하고는 싶은데 아무도 길을 가르쳐 주지 않았기 때문이다. 그러나 빠듯한 일정을 모르는 게 아니었기에 누구를 탓할 수도 없는 노릇이었다.

그러던 중 오랫동안 방송 일을 해오던 작가를 우연히 알게 됐는데 나는 그 분에게 내 고민을 털어놓게 됐다.
어느 날 KBS방송국에 자리가 있는데 거기서 일을 하면 배울 점이 많을 거라며 추천을 해주셨다.
2007년 유월, KBS방송국으로 자리를 옮겼다. 내가 과연 해낼 수 있을지 없을지 모르지만 해볼 만한 싸움이라고 생각했기 때문이다. 어떤 이력도 없는 백지의 상태에서 시작하고 싶었다. 아니 정확하게 말하면 백지상태였다.
시와 방송용 원고는 달랐다. 내가 이렇게까지 무지했나 싶을 정도로 얼른 표현들이 떠올라 주지 않았다. 정말이지 처음 시를 내보였을 때처럼 얼굴이 붉어지고 심장은 아주 빠른 속도로 뛰는 날들이 많아졌다. 하지만 여기서 포기할 수는 없다. 또 다른 나와의 싸움이 시작된 것이다. 다양한 경험은 시를 쓰는 데에도 필요하다. 그리고 영상은 또 다른 매력이 있다. 아주 쉽게 쓴 것 같지만 고도의 글발이 숨겨져 있다는 것이다. 내가 시를 써온 만큼의 시간과 노력이 있어야 왕초보의 단계를 벗지 않을까 생각하고 있다.
단지 시간의 흐름에 몸을 맡기는 것이 아니다. 나를 향해 불어오는 바람에 몸을 맡기면서 그 바람 속을 통과할 수 있어야 한다는 생각이다. 바람을 거슬러 올라가려고 하면 바람은 항상 숨막히게 가슴을 조여 왔다. 그러나 바람과 함께 가는 길은 신선하고 상쾌하다. 그토록 떨쳐버리고 싶었던 유년의 바람은 이제 시가 되었다. 참말로 이상도 하지. 이 이상한 꿈들을 나는 계속 꾸고 싶은.